목류

시로여는세상 시인선 036

목류

한영숙 시집

시로여는세상

시인의 말

시는 내게 있어 오랜 염증이다.

지킬 수 없는 약속으로
상처만 주고 숨어버린 말
가다가다
어느 곳에서 조우하면
손을 꼭 잡고
찬술 한 잔 대접하리라.

외길목에 차분히 날이 저문다.

2018년 가을, 원주

한영숙

차례

1부

2부

3부

4부

1부

외따로

밤은 늘 내게
도전자 반칙같은 수작을 부린다
비탈길에 서 있는 개살구나무
삭정이 한 가지 품은 채
달빛 닮은 꽃송이를 달았다
어디서 누가 또
잠 못 자는 사람 있어
저 모양을 볼 수 있겠나
은근한 겨자색
참 아픈 빛이로구나

여뀌

시월 강가에 여뀌가 가득하다
저곳은 청정하고 따듯한가
붉게 여물어 갈수록 고개 숙인 이삭에서
무슨 간절함이 있어
가엾은 흰 꽃을 다시 피운다니

나의 소원은 무엇인가
바람에 흔들리는 여뀌를 마주하고
철없이 돌아보니
졸면서 마시던 맥주거품 같은 시간들
솔기가 터진 모양 다 어디로 새어 버렸다

저들도 울고 싶은 나이가 있을까

붉은 여뀌 한 줌 따서
이름 모를 돌멩이에 우겨넣고
소꿉질하듯 혼자 놀다 온 어제
알알한 손끝에서 그만

잠자리 꼬리처럼 슬픈 가을 냄새가 나
말 한마디 하지 않고 지나간 하루

양면괘지

메리야스 통에 묵은 편지가 가득하다
여러 번 이사에도 살림살이처럼 따라다녔으니
귀중한 세간임이 틀림없다
한 줄 적고 그만둔 편지는 여태 여백인 채
누렇게 색이 바랬다
접힌 자국은 희미하게 줄도 지워버렸다

그 뒤 채울 수 없었던 언어들은
다 어디로 갔을까
반짇고리에 끼어 있는 녹슨 바늘 모양
기억 저편에 무딘 기호로 남아
성가신 듯 돌아오지 않는다
이을 말을 궁리하다 날이 밝았는가

(눈 내린 새벽이다)
그해 겨울의 첫 문장은 여기서 끝이다

유서라도 쓰면 좋을 것 같은 양면괘지

자꾸 뒤적여보다가 마음 아끼다가
누룩 냄새나는 너를 끌어안는다

달맞이꽃 종자유

엄마는 소주병에 담긴
노란 기름을 한 병 내게 보냈다
달맞이꽃 씨앗으로 짰다고 했다
어릴 때 당신 젖을 많이 못 먹어
그리 아픈 모양이라 하시더니
아침으로 한 수저씩 잊지 말고 꼭
먹으라고 당부했다
모래알 같은 작은 씨앗에 모유 성분이 있어
어렵게 구했다는 말도 덧붙이셨다
꽃 지던 아침에 엄마 말씀대로
꽃 기름을 한 숟가락 따라 먹는다
몸 안으로 초유처럼 스며드는 진액
엄마의 마른 젖가슴을 조물조물 만지고 싶다
관절마다 노란 달맞이꽃 다소곳이
그리움으로 피어난다

강릉여자 1

보따리를 풀어
따끈하게 술 온도를 맞추고
먼 데 사람을 불러 잠시 묵념하고
음복을 나눈다
혀끝에서 저릿한 단내가 난다
한번 마음 주었던 오래된 살구나무
바람 가는 족족 가지 끝에 꽃눈을 걸었다
가버려 짠한 세상의 기일에
읍揖하며
이유 없이 청주 한 잔 더 돌린다
문밖에서
어쩌지 못할 봄밤이 막 오시다가
숨은 명치를 치받아 가렵고 아프다

사월이 솔다

강릉여자 2

먼 기억의 끝머리에
서 있는 사람은
언제나 슬픈 모습으로
하얀 벼꽃이 필 무렵
바람처럼 파르르
저녁 논물을 흔들어 놓고 갔다
물소리 그림자만 남았다

강릉여자 3

밥값도 내주고
술값도 내줄 테니
어디 밥 먹을 사람 없소
골치 아픈 얘기 말고
그냥
말없이 옆에 앉아
동무해 주는
그런
그런 사람이 그리운 날
손목을 잡고 허리를 당겨도
추행이라 소문내지 않을
봄

강릉여자 5

멀쩡한 신작로를 두고
산허리를 질러 윗마을로 온 듯
그간의 세월이
어느 하루 반나절 같이 흘러버렸다
새삼 이 생각이 뭐라고
설거지를 하다말고 젖은 손으로
연필을 들고 메모지를 찾는다

엄살도 못 피우고 종이 위에 붙잡히는 단상들
잊기 위해 애쓰던 건 안 잊혀지고
오래 간직해야 할 소식들은 불현듯
아득해지고 말았다

바다에 가면
없던 마음도 새로 생긴다는데
우리 안목항에 나가 볼까
철 넘긴 갯메꽃 낭창거리는 모래밭을
맨발로 뛰어 볼까

강릉여자 6

살만하게 아픈 나이 그만한 나이에
무심한 마음 홀로 가득해
사랑받을 빈자리 없는 여자 강릉여자

실금 간 거울 얼비쳐도 버리지 못해
늙으신 엄마의 자궁 같은
주머니를 좋아하는 여자 강릉여자

세상에 촘촘하게 빛을 던지고
여명을 견디며 떠 있는 새벽달처럼 하얀
슬픔을 보는 여자 강릉여자

동백꽃 모가지 채로 툭툭
가슴에 떨어지는 시간 그사이
침 한번 삼키다 허공에서 굳어 버린 말
그 말 듣자고 여태 제자리에 서 있는

꼭 강릉 같은 여자
강릉여자

소식

이월에 군자란 열 송이 흠뻑 피었다
기특해서 술 한 잔 건넨다
냉한 바닥을 견디고 여린 꽃대를 키운
뿌리에 대한 경배의 잔이다

몸을 전부 비웠는데 아직 말이 남았다*며
시집을 낸 후 곧바로 또 시를 쓴다는
시인의 말이 귓전에 이명처럼 맴돈다
저리도 여러 겹 환한 꽃을 피우자니
흙덩이 속에서 기운을 다하여 그도
굳은 몸을 다 비워냈을 것이고
꽃이 지면 또 새로운 꽃대를 품을 것이다

웅크리고 게으름을 피운 생은 둔해서
그들의 말을 온전히 알아들을 수 없으니
두서없는 마음들이 각주를 달며
술잔 밑으로 따라붙는다
〈

계절은 가는 곳 모르게 지나갈 것이며
나는 꾸물거리다 놓친 시간들을
또 아파할 것이므로
저린 손을 들고 생각을 솎아내는
서러운 저녁
전할 수 없는 먼 곳에 인사말은 지금
지극히 썼다 지운다

* 이상국 시인의 시 「남루濫褸」에서 부분 인용

맨드라미

할머니를 메고 가던 붉은 상여가 떠 있다

작정하고 떠나는 먼 길
이별은 가쁜 숨처럼 슬픈 목소린가
실패한 휘파람 소리를 품고 뜨겁게 피었다

사랑을 왜 그리 아파했을까

겨자보다 매운 기억이 눈썹을 쓸고 간다

붉은 손톱

강릉 막국수 집에서 동치미국수를 말아먹고 마당에서 몰래 따 온 봉숭아 한 움큼 이 빠진 사발에 넣고 빈 소주 병으로 자근자근 찧어 엄마 손톱 위에 초승달처럼 올려 놓았네 빗살무늬 손톱 속으로 빨갛게 꽃물 배는 시간 지 치지도 않고 그간 꿈 얘기를 하는 그녀 곁에서 깜박 잠 이 들었네 국수집 마당의 꽃들이 일제히 내 꿈속으로 옮 겨 피는 사이 해는 강문바다 끝으로 훌쩍 떨어지고 어둑 어둑한 문가에서 기척도 없이 달뜬 손톱 들여다보며 부 끄럽게 웃고 있는 엄마 주름진 그 이마 살짝 훔쳐보는데

엄마, 고 붉은 손톱이
더는 자라지 않았으면 좋겠어요

제비집은 그 자리에

노인은 밤새 마른기침으로 힘들었다고 했다
빈손을 잡고 소초보건소로 가는 길
거기 처마 밑에 귀한 제비집이 있다는 걸
그날 가면서 말해 주었다

보건소 슬레이트 처마를 떠이고 앉아
불안하게 세상을 내려다보고 있는 제비 한 마리
바람벽에 터를 잡은 청회색 흙집을
노인은 사뭇 말없이 오래도록 올려다보았다

어린 새끼를 품고 있는 어미 제비는
말간 이마를 내밀고 있을 뿐
얇은 보자기처럼 엎드려 자리를 뜨지 않았다

삭정이 같은 손을 흔들며
검은 약봉지 들고 집으로 들어가던 노인
그날 한참 쳐다보아도 움직이지 않던 제비처럼
며칠 집 밖을 나오지 않았다

〈

물결무늬 제비집은 허허롭게 비어있고

독거노인도 지금 여기 부재 중

빈 소쿠리 매달린 마당을 지나며

평장리 안부는 이만

오늘의 일지 속으로 접어 넣는다

근로계약서

사용자는 갑甲이고 근로자는 을乙이다.
근로계약 기간이 만료되었음에도 갑의 갱신 의사가 없으면
근로계약기간은 종료한 것으로 한다.
을은 업무수행 중 취득한 제반 기밀사항을 일체 누설하거나
공개하지 않을 것이며 이를 위반 시에는 관계법령 및
계약에 따라 어떠한 처벌과 불이익을 감수한다.
이에 서명한다.

나는 건조한 문체처럼 참되게 의무를 다하고
의심 없이 고객의 비밀을 지켰으며
남몰래 뼈 빠지게 봉사도 하였다.

두루마리 화장지처럼 한 해 다 풀어 쓴 연말이 닥쳐오자
공연한 불면과 우울증에 시달려 식욕을 잃었다.
빈 종이를 품고 어루만지다
어쩌다 꿈꾸는 날이면 꿈속에서도 혼자 걸었다.

다음 해 다행히도

갑의 갱신 의사가 있었으므로 또 한 번
근로계약서에 진하게, 서명한다.

튤립공원의 오후

요양원 노인들이 관광버스를 타고 와
튤립이 만발한 주공아파트에서 내리고
무리를 지어 단지 안 꽃구경에 나섰다
새뜻한 꽃밭을 배경으로
함께 온 젊은 여인들은 사진을 찍느라 바쁘고
갖가지 색의 꽃송이를
무연히 바라보고 앉은 벤치의 노인들
어린 소녀 선생은
꽃잎 위에 세워 놓은 노인을 향해
웃으라고 이유도 없이 활짝 웃으라고
휴대폰을 손에 들고 명랑하게 소리친다
아무런 표정 없이 서 있거나 앉아 있는
노인의 등 너머로
정지된 시간이 잠깐 머물다
어디론가 자꾸 가고 있다

2부

첫눈

먼 기억으로부터 감치던
그 사람 종일 걸어 이리로 와
흰 눈썹 달고
한데서 우리 사이좋게
살자
하면
살까, 말까,
여기 떠나지 못하던 생각
곳곳에 묻는
눈 오는 소리
섧다

홉hop에 관한 기억

진부 속사리에 잠깐 호프농장이 생겼을 때
아버지는 홉 씨앗을 얻어와 울밖에 심었고
나무울타리를 휘감고 오르던 줄기는 시월쯤
솔방울 같은 꽃 속에 노란 꽃가루를 담았다
손톱 밑을 찔리며 넝쿨에 붙은 홉 꽃을 따기란
숙제하는 것보다 더 지겨운 일이었다

짐자전거 뒤에 꽃자루를 싣고 나가신 아버지
우리는 달콤한 젤리나 빵을 기다리다 지쳐 잠들고
아버지는 새벽녘이 되어서야 들어오셨다
맥주 원료로 쓰인다더니 그만큼의 값으로
미리 술을 마셔버린 걸까

몇 해 안 되어 호프농장은 망해 버렸고
어딘가에 꽃자루를 탕진하던 아버지도
더 이상 헛되이 홉을 심지 않았다

맥주잔에 떠오르는 누런 기포를 보다

아버지 몸에서 풍기던 치사한 술내가
문득 내 입속으로 들어와
이내 홉 꽃의 야릇한 향기로 피어나는데
이 억지 같은 애잔한 그리움이란

맞는 말

어떤 사유였는지 지금 와서 잘 모르겠지만
내 생각과 맞지 않는 처사에 그에게 대들었다
참 맞는 말만 하신다며
늙은 소처럼 꼬리를 내리더니
그러니까 시를 못 쓰지, 하고 일침을 놓는다

때로는 어깃장으로
종종 말도 안 되는 소리로
생각을 만들어야 시가 된다는 시
곰곰 생각하다 씹다가 뱉다가
둘러쳐야 힘이 살아난다는 시

그간 되도 않게 맞는 말만 하고
선 술 같은 궁한 소리만 하고 왔으니
시 같은 것도 못 쓰는 걸
그는 알고 있는 걸까

예전에 누군가 시가 뭐냐

김종삼 시인한테 물었더니
'나는 시인이 못됨으로 잘 모른다' 했다고
그만하면 뽐낼 만도 한데
나는 어쩌라고
시인은 죽어서도 오만해야 하는가

종이가방

퇴직한 그가 들고 온 건
작은 종이가방 하나가
전부였다

차마 버리지 못하고 담아 온
길고 세모진 명패와
검정 노트 한 권

그날
돌덩이보다 더 무거웠던
종이가방은

눈금을 알아볼 수 없는 저울에
가장의 무게를 싣고
고요한 저녁을 걸어온 것이다

정오의 양귀비꽃

홀로 도도한 저 붉은 입술과
바람을 동강내는 푸른 이마
휘어질 듯 긴 허리는 무엇을 벼르기에
먼 하늘 흘러가는 구름을 당길까
햇살에 눈이 부신 유월 대낮
저절로 발길 가는데
가는 손목 잡고 그만 타협하고 싶어라
사랑이 있다면 이럴까
눈꺼풀이 좀 떨리면 어때
누가 보든 말든
첫사랑 그 사내가 되어
목숨 걸고 싶은걸

긴 울음

댓 살 먹은 아이가 길가에 있는 경찰차를 보고
엄마야! 하고 깜짝 놀라니 엄마는 웃으며
뭐 잘못한 거 있나 아이에게 묻는다
— 저번에 길게 울은 거…
맹랑한 여자아이는 총총 엄마를 따라간다

뜨거운 여름날 할머니가 땅 밑으로 들어갈 때
다시는 밖으로 나올 수 없을 것 같아 울었다
꽃신을 붙잡고 길게 울었다

그 후 십 년이 지나 몇 날 언 땅을 파던 아버지
당신 어머니 무덤 옆으로 조용히 들어갔다
나는 가슴에 하얀 상주나비를 꽂고 길게 또 울었다

긴 울음 끝에 목구멍이 열리자 봉긋봉긋 노래가 나오고
밤길을 뛰어가던 맑은 아이 발자국이 환을 치며 온다
술에 취해도 그곳에 다시 가지 못했는데
수줍게도 짧은 혀가 가려워지기 시작했다

대나무자

앉은뱅이책상 서랍에 있던 대나무막대는
한 시절 사랑방 스승이었던 할아버지가
어린 우리들을 앉혀놓고 천자문 책장을 넘기던
삼십 센티미터 납작한 잣대였다

오랜 시간 어둠을 지나온 대나무자
켜켜이 쌓인 먼지에 눌려 밑점이 지워지고
시작도 끝도 잴 수 없이 멀어져갔다
휘어진 생의 거리처럼
아릿하게 사라진 1밀리의 간격

먹빛 옷소매에 두 손을 넣은 채
툇마루를 오가던 할아버지 기침소리 문밖에 있다
기억 속에 더듬거렸던 말을 삼키고
마른입에 불현듯 생목이 오른다

훗날
살아남은 자들에게 나는
어디에서 무엇으로 궁금해질까

인두화

전기인두를 든 남자가
인두보다 더 뜨거운 눈빛과 목장갑을 낀 손으로
오리나무를 끌어안고
마주 앉은 여자의 눈동자에 붉은 인두를 대고 있다

압축된 오리나무 합판의 가는 결이
인화지처럼 검게 타다
마른 턱과 주름진 목덜미 여자의 긴 머리카락 올올이
깊고 진한 음영을 넣는다

연기를 따라 타르향이 오르고
나무토막 같이 앉아 있던 여자
낯선 남자 손끝에 이끌려 액자 속으로 들어와
부동의 상태로 환하게 웃고 있다

이젤은 오리나무 위에 한 생을 그리 낙화하고
나는 무릎을 굽히고 서서 가쁜 숨을 참는다
〈

사각의 틀 속에 끼워져 곱게
또 한 점 밑그림 없이 완성될 인두화
인두를 든 남자의 뜨거운 손을 기다리며
단오 장터에서
내 생의 순서를 바꾸고 싶었다

단오굿

늦은 밤 깊은 시간 속으로
뭇사람들은 떼 지어 들뛰고
무녀들은 신명을 부르며 신과 인간의
만남을 축원하고
수많은 소리로 난장을 이루는 오월 남대천
굿당 마루에 앉는다

신주를 따라놓고 손을 비비며
소지를 올리는 사람들과 섞여
운 좋게 떠도는 귀신을 만날 수 있을까
야릇하게 뛰는 가슴을 누른다

어린아이 손에서 풀려나온 풍선마냥
불꽃을 달고 공중으로 너풀대는 한지
오늘 밤 저 간절한 소원들은 다 어디로 갈 것인가

하늘 높이 뜨겁게 오를 것을 주문하며
또 다른 구경꾼에 밀려 걸음을 옮긴다

인생은 예술에 봉사하는 것이라 했던가
인파를 헤치고 뒤돌아보니
죄 있는 사람들 다 불러놓고
강릉의 밤은 한때 잠들지 않는다

군소리

세상이 소홀해진 틈을 벌려
오래전에 사라진 사람들을 만나고
어깨를 들먹거리며 춤을 추듯 웃고
그녀의 렘수면상태가 길어질수록
중얼중얼 혼잣말이 리듬을 탄다

이마 속에 세세한 이랑이 있다던가
골 사이로 새겼던 여든다섯 해의 잔상들이
스멀스멀 몹쓸 애벌레처럼 빠져나와
그녀는 점점 족보에 없는 랩 가수가 된다

어딘가 두루두루 시간을 배회하다
자정이 넘어서야 잠잠하게 말문을 닫고
날이 새면 아무 일도 없는 듯
식탁 위에 차려진 아침밥을 먹는 여자

어디에도 없는 말을 찾아 저적거리며
밤마다 몰래 어둠을 걷는 여자
엄마, 내일은 꽃배낭 메고 진부에나 다녀올까요

가을편지

빨래를 걷다 말고 쳐다본 저녁노을이
어쩐지 부끄럽기도 하고
괜히 쓸쓸하기도 해서
축축한 빨래를 껴안고 한참 먹먹히 서 있는데

대관령 너머 남항진 다리 위에서
해 넘긴 바다 끝 서쪽 하늘을
제목도 없이 휴대폰으로 전송한 친구
반가운 마음에 붉은 새털구름 그득하다

저녁 바람에 망연히 핀 분꽃은
저쪽 화단가에서 슴벅거리다
영문도 모른 채 꽃물 흘리고
아침에 울던 귀뚜라미 저녁에도 운다

중고서적 이야기

낯선 곳에서 우편물이 왔다
발송인 부산시립정신병원이라 찍힌 누런 봉투
이게 뭔가 뜯기를 망설이다 보니
인터넷 중고서점을 뒤져 책 주문을 넣고
며칠 잊고 있었던 내 물건이었다

누군가 한번 훑고 간 중고 문자들이
출고가 절반에 할인되어 내게로 왔다
헌책을 사는 일은 처음이라
어떤 이의 지문이 닿았던 자리 꺼림하여
쨍한 볕 아래 내놓고 뒤집어가며 이틀을 바랬다

다행히 병원 냄새는 나지 않았고
밑줄 없이 책갈피가 반듯하니
이 책의 첫 주인은 참 깔끔한 독자이었거나
아예 보지도 않고 그냥 팔아넘긴 변심한 독자이었거나

인연은 낯선 곳에서 와서

나도 모르는 어딘가로 이어져 있다는 말이 생각나
이것도 무슨 곡절 있는 책이라 새삼 중하게 여기며
금강경을 풀어놓은 문장을 읽는 내내
어떤 그림자가 글줄 위에 겹쳐 독서를 방해한다
이런 실없는 인연이 다 있나

김남순 여사

허리가 아프고 다리가 후들거려도 한사코
지팡이 짚기를 거부하던 엄마는
사돈이 넘어져 입원했다는 소식을 접하자
의료기상사에서 지팡이를 구입했다

자식이 사 주면 오래 못 산다는 옛말을 믿고
본인 쌈짓돈으로 만 오천 원에 산 지팡이
플라스틱 발이 하나 더 생긴 셈이라 번거로운데
그래도 안전하게 오래 살고 볼 일이다
낯선 발 하나가 자꾸만 같은 속도로 딛고 나가니
세 발 걸음마도 앞으로 연습해야 할 일이다

그날부터 챙겨야 할 소지품이 하나 더 늘었고
어디 가서 두고 올까 봐 근심도 따라붙었다
밤늦은 궁리 끝에 엄마는
지팡이 위에다 매직펜으로 굵고 진하게
김남순 여사
이렇게 써 놓고 잠드셨다

〈

여사餘事로 여긴 당신 이름이 비로소
보행을 도와줄 막대기에 새겨져
방문 앞에 굳은 자존심으로 서 있는 것이다

꼽등이* 노래

긴 더듬이를 둥글게 말아 쥐고
늘어진 기타 줄 마냥 소리죽여 비빈다
얼마나 더 오래 더 멀리 기어가야
잠들지 않은 당신 귀에 가 닿을 수 있을까
북쪽으로 가는 바람을 타고
그대로 덮어둘 수 없는 생각들 몰려와
무서리처럼 내리다
젖은 나뭇잎 떨어지는 십일월에 얹힌다
코인 노래방 같은 검은 담장 밑에서
쓸쓸하게 홀로 빛나는 소리
허연 서릿발을 긁어먹던 아주 아픈 기억과
굽은 등처럼 흐린 지폐를 모아
세상에서 가장 슬픈 목소리로
노래를 부른다
시린 밤을 시리게 기다리는 귀 먼 꼽등이
줄지어 잠 없는 날이 지나간다

* 메뚜기목에 속하는 곤충이며 음향, 청각기관이 없다

54

고개 너머

산책 삼아 능선을 오르자면
산 아래 있는 화장터를 거쳐야 한다
이따금 타닌같이 떫은 냄새가 스치고
비어있던 마당에 몇 대 차들이 주차하고
검은 상복 입은 사람들이 줄지어 서면
나도 모르게 주춤거리다
그쪽을 자세히 살피며 간다
누구 한 사람 또
홀연히 뜨거워지고 있구나
마지막 가는 그 표정 알 길 없지만
속절없는 가슴이 두근거린다
낯선 곳에 홀로 서 있는 듯
공연히 땅바닥만 이리저리 문지르다
모르는 사람이 먼저 올라가는 길
생각 놓고 그 뒤를 따라간다
아무것도 없는 저쪽 너머

해당화

차마 놓을 수 없는
마음 하나 둔덕에 피어
작은 무덤 같아
꼭 쥐면
발바닥까지 저려오는
슬픈 향기
적적하게 걸어가다
오래 서 있다
누구에게라도 안부를 묻고 싶은
길 나선 저녁

3부

겹

금계국 위에 나비 한 마리

바람이 꽃대를 흔들어도

미동도 하지 않고 앉아 있네

햇살에 덧대 보는

야생의 황홀한 꾸밈새

밀착된 날개의 고요한 숨결

뻐꾸기시계

— 아버지 1

참 오랜 날 벽에 붙박여
거룩하게 시간을 물고 날던 뻐꾸기
들창문 굳게 닫고 꿈쩍 않는다
동여매고 싶은 당신의 세월 속으로
뻐꾸기를 몰래 삼켜버린 걸까
무딘 감각에 침 흘리며
새김질하듯 하품만 하고 있다
먹먹한 두 귀는 새의 울음을
숲들의 일렁임을 잊었는가
여섯 시와 일곱 시 사이
돌아온 메아리처럼 흔들리다
원형의 둥지에 갇힌 뻐꾸기
무심한 눈길 머물러 있는 동안

겨울나무

— 아버지 2

찬 공기를 물고 오르는 새
검은 눈망울이 딛고 간 나뭇가지 끝으로
간신히 붙어있던 마른 잎들이
떨어질 듯 흔들리고 있다
바람이 지날 때마다 살 비벼야 하는
쓸쓸한 병원의 이월
앉은 자리 그대로 아버지의 방이 되어버린
병실 창가에서
손수건처럼 흔들리는 그 소리 들으려고
창밖으로 애써 귀를 기울이신다
박새와 눈이라도 마주쳤는가
아랫니만 내놓고 벙긋벙긋 웃는다
아가처럼 웃고 있다
저, 덧없는 기쁨!

손깍지

— 아버지 3

더 이상 맛볼 수 없는 끼니를 캔으로 받았다 밥상이 필
요 없는 식사 끈끈한 미음이 호스를 타고 콧속으로 흘러
내리고 부풀었던 아버지의 배는 종잇장처럼 얇아졌다
가벼워 좋다던 솜이불도 침대 위로 낮게 가라앉고 있었
다

컴컴한 어둠 속에서 돌덩이 같은 아버지의 배를 베고 드
러누워 손을 당겨 잡았다 수족관 안에서 부력을 잃고 배
회하는 열대어의 지느러미 같은 맥없는 손가락을 벌려
깍지를 꼈다 처음 잡아보는 손 마주 닿은 손금이 어색해
아주 조금 웃어보았다

동공은 속 빈 거미집 닮았다 초점 잃고 흔들리다 어지러
운 들숨만이 가래를 그렁거리던 밤 붉은 꽃잎으로 타오
르는 아버지의 혀가 무서워 나는 뜨거운 일회용 믹스커
피를 들고 그 방을 도망치듯 빠져나왔다 물큰 덮쳐오는
물비린내

〈

바람이 지나갔다 동행하는 사람 없이 오롯이 홀로 가야 하는 길 적막한 산중의 길 어떤 보람으로 아버지는 일흔 일곱 한 생을 그리 닫고 먼 길을 가시려 했는지 나는 무엇을 보았으며 또 무엇을 외면하고 거기 서 있었는지

어쩌다 마주 잡았던 손을 왜 이따금 이리 뒤척여 보는 것인가

이사

― 아버지 4

산기슭 새집으로 이사를 가네 강릉에서 진부까지 이천 사백 원 아버지는 죽어서도 고속도로 통행세를 지불하고 이삿짐 차에 장롱 대신 조객을 가득 실었네

산수유꽃 풀풀 날리는 대관령 눈 뜨고 왔던 길 눈 꼭 감고 가네 흔들 수 없는 작별의 손 빈 상자에 꾹꾹 눌러 담고 아득히 가시네

정든 이웃들 먼저 달려가 마사토로 땅을 다지고 붉은 지붕을 매만지니 들판 가득 술렁이던 바람이 온돌을 놓아 수천 겹 구름솜 덮고 춥지 않겠네

어느새 북쪽으로 넘어간 아버지 안 보이네 더듬더듬 휴대폰에 전화를 걸어보네 고객이 전화를 받을 수 없다 하네 우편함도 없는 새주소 산 0번지 간편해서 좋네

아버지의 검은 운동화를 머리에 이고 버들개지 가득 핀 마당 앞에서 근이謹以 청작서수淸酌庶羞 공신전헌恭伸奠獻

상향尙饗—

삼월 청명한 날 다실 수 없는 음식을 차려 놓고 이렇게
고단하게 내가 운다고 명랑하게 우리가 놀다 간다고 본
래 그 자리에서 누가 슬퍼하시랴

당부

— 아버지 5

아버지 삼우제를 지내는 날 문간에
새 한 마리 떨어졌다 창을 향해 온몸을 날린 흔적
비늘이 날리고 연기가 피고 구름 조각들이 흔들렸지만
우리는 잠시 뒤돌아보았을 뿐
창문에 검은 매화꽃 폈다

새 한 마리 마당 가 포도나무에서
앉았다 날았다 서성거리며 물기 찬 눈을 비볐다

부슬부슬 비 오는 사월
어머니는 커튼을 치고 말없이 집을 나왔다
눈이 까만 그 새 다시 오지 말라고 오지 말자고
창문에 청테이프를 붙여놓고
포도나무 잔가지만 쳐다보았다

새의 빨간 다리는
어머니의 발가락을 닮아 조금 구부러져 있었다

캐비닛

— 아버지 6

아버지가 떠난 후 몇 날이 지나
골방을 차지하고 있던 캐비닛을 치우기로 했다
어떤 기막힌 물건이 들어있기에
그동안 열어보지도 못하게 했을까
둥근 숫자들을 붙잡고 조합하느라 한나절이 걸려
암호를 해독하듯 문을 열었다

색 바랜 운동모자 호루라기 곤봉 벼룻돌 거북이연적
흑백사진 촘촘히 끼운 앨범 노끈으로 엮은 필기장
교무수첩 고작 이것이 전부라…
허허虛虛

유물들은 어두운 진열장 안에서
운동회를 열고 리듬체조를 하고 먹을 갈며
심심한 아버지와 그렇게 동무하고 있었나보다
골방에서 때때로 흘러나오던 노래는
당신의 막막한 기억이자 비밀스런 놀이시간이었다니
〈

그동안

잠시 이발소 다녀오신 아버지 소식 같은

포마드 냄새나는 양철 캐비닛

어긋난 문을 닫고 제자리에 다시 곧추세운다

탱자나무 그늘

아귀마다 가시를 품고
탱자나무는 하얀 탱자꽃 뒤에
알전구 같은 둥근 열매를 달았다
단단한 가시 사이로
두려움 없이 날고 드는 새들
그들의 질서와 빠른 비행이 경이로워
가던 일을 잊고 길 위에 앉는다
심심히 여겨 나를 떠나간 마음
한 문장 날로 먹으려다
푸른 가시에 명치를 찔리고
흔들리는 이마를 눌러 다시 골똘해진다
방금 날아간 새보다 더 작아지는 몸
성긴 가지 그늘이 민망해 서성거리다
약속된 시간을 어긴 시월의 오후
굴러온 탱자 한 알 슬픔처럼 떼어
가만히 손등에 올려놓는다

남항진

호두처럼 푸른 외피를 두른 거기
바다그림자 모래와 포개진 거기
해당화 진하게 피었다고
누군가 오래 서 있을 것 같아
마음 몰아 걸어가는 또렷한 외길

오래된 씨디

싱긋 어색하게 웃고 돌아서
아주 가버린 그 남자 같이
작별할 사이도 없이 사라진 목소리
짧게 뜸 들여 내린 드립커피처럼
헐거운 기억으로
툭 툭 건너뛰는 트랙은
기록할 수 없거나
나를 떠나지 못한 가난한 슬픔
모퉁이를 돌아가
미등의 아련했던 불빛 속으로
밤늦도록 구워낸 길 위의 노래
처연한 새벽별은 이 시간
아직 그 자리에 떠 있는데
멜로디를 놓치고 혼자 돌고 있는
저 가련한 빈말

으름덩굴 수기

어디 기댈 곳 없이 가만히 공중으로 줄기 벋어
같은 줄을 타면서도 생판 모를 이웃처럼
아무런 말 하지 않고 눈 마주치지 않고

손끝 닿을 수 없는 저 먼 곳에서
우연히 아주 우연히도 하늘로 가는 덩굴손으로
생의 비밀처럼 암꽃 수꽃 따로 품고

맨 먼저 어둠이 스며드는 외딴집 어귀
누구도 기억하지 않는 시간을 지나
허공에 웅크리고 앉아 있다가
진저리를 치며 피는 으름덩굴 으름꽃

가짓빛 눈물 굴려 바람으로 오른다
골 깊은 그곳에 누가 다녀갔을까
둥그렇게 빈자리

빨래하는 여자

하루도 쉼 없이 빨래를 한다

참을 수 없는 빨랫줄의 빈 공간

그러다 시도 못 쓰고 일생을 망치니

고칠 수 없는 지병이다

내가 죽으면 무릇

사랑하던 세탁기가 참말로

삼가 애도의 뜻을 표할 것이다

여자여

빨래하다 죽어버려라*

*정호승 시 「사랑하다 죽어버려라」에서 인용

불후의 명곡

지겹게도 가출을 꿈꾸는 엄마는 늘 가련다 떠나련다 유
정천리 청년실업자일 때 머나먼 고향을 즐겨 부르던 큰
오빠는 언제나 멀고 먼 타향을 꿈꾸고 소반을 두들기며
날 새는 줄 모르고 내놓는 작은오빠의 낭랑한 십팔 세
순이 쉰을 훌쩍 넘겼어도 여전히 번지 없는 주막의 수연
애비 꽃보다 아름다운 언니의 너 중독된 사랑을 열창하
던 막내 참 그녀의 몹쓸 사랑은 언제 찾아올까요 사랑은
정말 목숨보다 귀한 건가요 이래저래 공을 좋아하는 그
남자는 노래도 공입니다 살다보면 모두 알게 된다니요
가족사진 같은 노래를 펼쳐놓고 물린 술상 앞에 쪼그리
고 앉아 한 잔 더 합니다 무정한 소주 놓고 자작하기 좋
은 가을밤 가슴 밑바닥에 깔려있는 무반주에 어울릴 불
후의 명곡 당신도 하나 보태 보실래요?

개미에게 물었다

말라비틀어진 버찌 하나 물고 이리저리
한 시간을 끌고 갔으나
내 발자국으로 한 걸음 거리이다
그가 가는 곳 어딘지 알 수 없으니
든 것 없이 빈손이나 덜렁 옮겨주지 못하고
막연히 지켜볼 수밖에 없었다
허리가 끊어질 지경으로 끌고 가는 저
정신의 힘을
나는 한 번이라도 부려본 적 있던가
가던 길을 되돌아 집으로 오는 내내
지금도 가고 있을 개미에게
무정한 내 궁리가 미안하고 부끄러웠다
나의 노동은 무엇이었던가
시인의 말을 어찌 쓰란 말인가

살아있는 유물에 대하여

어쩌다 그곳에 가게 된 토요일 오후
그때 사월의 세상은
미세먼지 나쁨 주의보가 날마다 내려졌고
미련하게 밖에 나온 사람들은
학생이 없는 캠퍼스를 애완견과 함께 이리저리
돌고 있는 상지대길 84

회색 콘크리트 벽에 기댄 플라타너스 그림자
함께 기억해 낼 사람들은 보이지 않았지만
치악관 미래관 예술관과 강의동을 이어주는
시멘트 다리는 여전히 건재하다
속세와 미래창작의 세계를 잇고 있는
허공으로 이어진 그 다리를 우리는
구름다리라 불렀다

허방다리 같은 그 길을 건너
복도 어디쯤 서성이다 보니 308호
시작노트를 들고 부끄럽게 밤사이를 기웃거렸던

시 창작 학과장실이었던가 굳게 닫힌 문
가뭇한 기억 따라
노크 없이 슬며시 손잡이를 잡고

개강 첫날
전기스토브 하나에 시린 손을 비비며
학생들 출석 체크를 하던 밤의 조교
하품 후 나오는 눈물처럼 지루했던
노교수의 교양강의 시간
불편한 심사를 헤아리듯 지치지도 않고 밤새
울어대는 우산동 개구리들
우리는 무엇을 고민하고 또 무엇을 의심하였던가
차가운 손잡이를 놓는다

언덕 아래
원룸촌으로 변한 유원길을 걷는다
오늘 우리를 가장 기쁘게 하는 것은 무엇인가
산비탈을 내려온 개복숭아나무

선연한 봄빛으로 꽃 색이 가득하니
무거운 발끝에 채인다

건물주 이름 같은 유원길은
아무도 시인을 알아보지 못했고
시인은 누구하고도 말하지 않았다
그날 나는
십오 년 전에 사라진 야간대학 문창과의
살아있는 유물이었다

소지燒紙

할머니 무덤 앞에서 책 한 권 태운다
눈앞에 봉분 하나 사라지고
집도 한 채 날린다
그중 몇 페이지에서 빠져나왔는지 모를
이야기의 행간 서너 줄이
칸나보다 더 붉은 겹을 두르며
공중으로 오르고
기억의 편린처럼 날리는 재
험한 마음 끝 눈썹에 따라붙는다
포도주로 남은 재를 다독이며
돌아서는 길목에
유독 어떤 말은 나보다 저만큼 먼저 가거나
이미 가 있다
발목 휘청거리는 입추 저녁
벌레 소리로 소소한데
잘 가라
어쩌다 단 한 번뿐인 첫시집

집밥이 먹고 싶어요

집밥이 먹고 싶어요
불쑥 아들이 보낸 문자를
손바닥으로 오래오래 쓸어 본다
기나긴 나날 객지로 떠돌다 보면
종종 삶에 휘둘리는 날도 있겠다
때때로 웃음이었다가 울음이었다가
언덕을 뛰어 내려가는 어린아이처럼
위태로운 시간 사이로 사랑을 잃고
어머니 집밥이 먹고 싶어요
맑은 저녁에 뜬 초저녁별과
우리들 쓸쓸한 허기를
가을 탓이라고 읽는다

4부

너도바람꽃

찬 기운을 허락한

내 안에 갇혀

뜨겁게 맺힌

정령 같은 언어들

바람으로 피어난

순백의 자유

저녁 논물

못자리에서 출가한 모가 서서히
땅내를 맡을 무렵
도랑가에 밤낮으로 사람의 기척을 내야
벼가 쑥쑥 큰다고
갓 시작한 논농사에 부쩍 재미를 붙인 친구 따라
저녁에 물 보러 논으로 나간다

논두렁에 수북한 풀을 헤치고 가다
작은 지렁이 새끼가 붙더라도 털지 말라며
야물게 이르는 그녀 뒤에서
해거름에 꽃잎 닫히듯 말을 삼키고

한낮에 내려왔던 앞산 바위 그림자
물꼬를 타고 들어온 윗녘의 모래알
흔들림 없이 수면에 들 채비를 하고
개구리밥 아래 물속은 다시 침잠의 저녁이다

어린 벼들은 점점 식구를 늘여 무성해지고

바람 소리 소소하니 세찬 비는 오지 않을 것이라
그녀는 공중을 둘러보며 진지하게 말한다

오늘 내가 미련하게 굴었던 일은 무엇이며
어제 서툴게 지나간 문장은 어디 있는가
바람길 따라 올려 본 하늘
어둠 속으로 가만가만 고요가 내려오고
눈물은 조용히 바닥으로 잦아든다

우박의 온도

한여름에 쏟아진 우박은
감자순과 옥수수 잎을 홀렁 벗겨놓아
밭고랑마다 앙상한 대궁만 남았다

옛말에 민심이 고약해지면
철을 가리지 않고 누리가 많이 쏟아진다고 했다
찢어진 농사를 쓸어내던 노인은
시쳇말로 열 받는다며 밭둑에서 혀를 찼다

찬 기운을 만난 빗방울은
여기저기 덧붙어 중심 없는 얼음덩이로
뜨겁지도 않고 차갑지도 않게 떨어지나
그 온도는 지상의 어린 순에게 치명적이다

농가에 피해보상대책을 마련한다고
정치인은 제각각 목소리를 내놓다가
누가 이문 없는 장사를 하랴
이리저리 쓸려 다니던 공연한 말은
우박처럼 사라져갔을 뿐이다

구룡령을 넘다

내면에서 재를 넘어 양양으로 가는 길
내린천은 풀숲에 덮여 인제로 흐르고
56번 국도는 적막해서 한층 더 축축하다
창촌을 지나며 어머니가 생각났다
고향을 추억하는 들뜬 목소리는
비탈에 피어있는 산나리보다 더 환한 주홍빛으로
휴대폰에 전해온다
이어폰에 귀를 걸고 있는 아들에게
외할머니 어릴 적 놀던 곳이라
기억도 없는 풍경을 스케치시킨다
훗날 내 아들의 아들도 어느 여름 휴가철
오대산 중턱에서 진고개를 넘다가
내게 전화를 걸어줄까 그때
산도라지 흰 꽃도 피어있다고 말해줄까
하늘 없이 비안개로 가득한 구룡령
바닥을 기고 있는 칡꽃이 넌지시
편히 돌아가는 길을 일러 준다

혼잣말

후배의 시집을 받기 위해 원주를 다녀오다
자정을 넘긴 영동고속도로 하행선은 텅 비어
구간단속 구간에서 천천히
마음을 뒤적거리며 시집을 넘겨본다

몰락의 틈새에도 당당하게 문학을 고민했고
어디든지 데려갈 것 같은 시가 있기에
추운 밤을 오롯한 통증으로 같이 걸었지
수런수런 행간을 빠져나오던 그녀의 말들도
중얼거리는 내게 고개를 끄덕인다

은근하게 제빛을 풀고 있는 보름달이
동무하듯 차창 곁을 따라오는데
밀회처럼 함께 달뜨다 짝사랑처럼 간혹 외롭다
누군가의 책장에서 낡은 표지로 잊혀질
비련의 명함 같은 시집

한밤중 고속도로에서 노래를 부르며 달리다

몇 곡 반복하면 다 가는 원주와 강릉 사이
듣는 이 없이 부르는 노래 혼잣말처럼
어딘가 두고 온 심정 헤아리다 잠잠해지려면
사나흘 아니 조금 더 오래 걸릴지도 모를 일이다

호르몬을 찾아서

'깨끗함이달라요코텍스 뽀송뽀송뉴크린울트라소형 냄새가없어요슬림오버나이트' 대박세일에 들어간 오렌지마트가 온통 생리대 일색이다 진열장 위 야들야들한 그것들이 내 엄지손가락을 살짝 들뜨게 한다 두근두근 유혹한다

후끈 달아오르는 등줄기 손을 넣어본다 습하다 잠시 들여다보다 본래 자리에 그냥 놓는다 망설이던 손바닥에 번지는 땀 오슬오슬 오한이 난다 들판을 휘감아 치던 눈보라 아득했던 겨울 벌판 붉은 노을이 이마 끝으로 온다 그들은 비닐 포장지 안에서 터질듯이 부풀어 오르는 이름 모를 꽃

곱게 날염된 꽃잎들은 그간 내 몸속 어느 곳에 날아들었던가 어디까지 스며들었던가 그 자국 누가 보았는지 붉고도 깊은 상흔의 자리

속옷 매장에서 목 없는 빨간 양말 몇 켤레 선물처럼 사

들고 노래를 부른다 낭만에 대하여 다시 못 올 것에 대
하여 말라가는 내 호르몬을 위하여

객쩍은 시간이 이명처럼 따라붙는 날 한갓된 욕망 뼛속
까지 들어오는 한기 검은 몸통에 눈부신 꽃송이를 뱉고
있던 지난봄 오래된 벚나무가 어이 사무치는가

다독이다

케이블 티브이에서
유일하게 우리 집 시청률 백 프로가 되는
브이리그 배구경기가 있는 십이월이다
현대00과 오케이00 4차전 있는 저녁
서브리시브를 팀 에이스 문성민이 연이어 실패하자
최태웅 감독이 타임을 눌러 선수들을 불러 모은다
'얘들아 괜찮어 이러면서 배우는 거야'
애써 마음을 누르고 선수들을 다독거리는 말
선수를 위로하는 감독을 다정하게 다독이고 싶다
텔레비전 화면 오른쪽 가장자리에 찍힌
평창올림픽 G-48 괜히 가슴이 울렁거리다
다시 한통속이 되어야 할 것 같은 올해 겨울
나도 무엇인가 붙잡고 넘어서야 한다
어딘가에 쓸모 있는 말들을 찾는 시간
말없이 분주해진 겨울 저녁

행복식당

동네 길 건너 삼겹살집이 한동안
캄캄하게 문을 닫고 있더니
커다란 분홍리본 하나 매달린 화분이 놓였다
행복식당 간판을 달고 창문에
가정식백반/간장게장이라고 진하게 써 붙였다
하얀 앞치마를 두른 중년의 남자가 부지런히
심부름을 한다 행복을 추구하는 식당 주인
무엇을 하면 돈을 벌 수 있을까
포대에 끌어 담을 것은 아니고
세금 꼬박꼬박 내며 먹고살 수 있을
딱 그만큼
잔잔한 향수를 부르는 이름 행복식당
시들어가는 화분 곁으로 좁은 문을 밀고 들어간다
유리잔에 따른 냉수가 남자의 욕망처럼 서늘하다
간장게장 두 사람 분을 주문하며
맛보다 그 집 돈벌이가 더 걱정되는 자리
가정식백반을 찾는 외로운 사람들과
행복식당을 차린 중년의 남자가
돈 많이 벌어 간판처럼 부디 행복하시길

말벌집 아래

미천계곡을 지나 헤엄치듯 날아가는
푸른 물총새를 만나
물총새 물고 간 계곡을 따라간다

물길을 가로지른 다리에서 마주친
항아리 모양의 하얀 집 한 채
겨우 다리 난간에 기댄 흙집은
세상 사람들한테 들키지 않으려는 듯
허공에 위태롭게 떠 있다

수천 번 날개를 떨어 거처를 마련하고
바람 앞에 서로의 내력을 알아채는
그들의 내밀한 몸짓
왔던 길을 돌아보니 문득 뼈가 시리다

깊은 산 속에서 아무런 소리도 들리지 않는다
귀를 막으면 내 몸의 소리가 내게 들릴까
찬 공기 한입 물고 공중에 서니
벌들이 날아간 하늘길이 낯설다

1%의 희망이 있던 밤

러시아 카잔아레나에서
2018 피파 월드컵이 열렸던 유월
조별 리그 한국과 독일과의 최종 3차전
우리의 우승은 1%의 기적 같은 일이라고
세계 언론이 예견했다
새벽까지 한 곳으로 마음 몰았던 선수들
추가시간 5분 그 순간에 연이어 두 골을 넣었으니
정말 기적 같은 일이 일어난 것이다
희망은 공처럼 둥글게 오는 것인가
이토록 간절하게 희망을 품어 본 일
벅차게 설레어 본 적 언제 있었나
국회와 정치와 미투와 핵을 잊은 밤
나도 잠깐 애국자가 된다
사람은 어디를 딛고 있을 때 가장 빛이 나는가
온 밤을 깨어 눈 밝아진 열정은
지나는 어느 시절에 기록될 것인가

기타를 메고 가는 군인

휴가를 나왔다가 귀대하는 아들은
꽤 여러 장의 악보를 뽑아 들고 집에 두었던
클래식 기타를 메고 간다
부대 정문까지 함께 동행을 했으나
민간인은 더 이상 출입을 금지당한 구역에서
귀대하는 그쪽 길은 한참 멀고도 어두웠다

청색 군모와 함께 어깨보다 무거운 발소리
작별 인사도 제대로 나누지 못했는데
굽은 길을 다 가도 녀석은 뒤를 돌아보지 않았다

군대도 이젠 휴식 시간을 즐길 수 있다니
헛기침을 하며 기척을 살피다
가을벌레들이 기타변주곡처럼 울어주었다

가라앉는 석양을 기억하고
가끔은 깨어있는 별을 헤아리고
훗날 이 훈련의 시간들을 환하게 노래할 수 있는

팝가수 맥스웰의 목소리처럼
웬에버 웨어에버 왓에버
정직한 표정을 간직한 청년이 되라

어두운 밤길 비포장도로를 향하여
자동차의 미등을 오래도록 켜고 있었다

마늘벌레

둥근 지붕이 말라 균열이 가는 동안
수분이 빠진 뱃살 위로 한 겹씩
주름이 앉는다
한쪽으로 벌어진 세상의 틈을 보며
너는 누구 편이냐
모로 누워 헐거워진 글발을 고르다
세상 저편을 건너다본다
나의 최후의 말은 무엇인가
무엇이어야 하나
우화羽化는 한낱 환영인가
독즙을 빨아먹던 매운 입은
불길한 꿈으로 점점 무뎌지다
더할 나위 없이 소심해졌다
식욕도 잃고 수면도 잃고 성욕도 잃은
도무지 끝날 것 같지 않은 열대야다
짐작하건대 이 여름
이마에 불거진 하얀 핏줄이
아주 오랫동안 가라앉지 않을 것 같다

너를 기억하려고

원주역에 오래된 사랑 하나 버렸다
너는 기차처럼 소리만 남기며 떠났고
나는 아직 철로에서 남은 차표를 만진다
몸져누운 시간들이 궁리하다
감으로 치자면 이건 분명 실연이다 그런다
너를 만나 반가웠고
너를 만나 즐거웠고
너를 만나 한 시절 철없이 웃었다
너를 기억하려고
나를 기억하라고
책 두 권을 사서 같은 메모를 남긴다
이곳 산비탈에서 여기 강변에서
우리 소소한 말들의 장난을 놓지 말라
오늘은 혼자 그 길을 가며
가려운 혀끝을 돌려 잇몸을 뭉갠다
꽃술 긴 참꽃이 바람에 흔들리고
다붓다붓 제비꽃 필 때면
보라색을 좋아하던 널 불현듯
서럽게도 그리 또 그리워할 것이므로

백지 한 장

늦은 밤 텔레비전에 출연해 노래 부르던 가수 조영남은
죽은 후 장례식장에 모란동백을 틀어 달라 부탁했다

(그래요. 조문객을 위해 화개장터를 들려줄 수는 없겠지요)

나는 나의 영정사진 곁에 무엇을 놓아야 할까 고민하다
술을 설먹은 밤처럼 지난밤을 홀딱 새고 말았다

아무리 뒤적거려 봐도 마땅하거나, 적당한,
시 한 편 없다

그간 지면紙面에 의지해 잘 놀았으니 그저
백지나 한 장 놔 달라 할까

목류木瘤

불편하게 쥐었다
놓았다
다시 움켜잡았다

아프고 아픈 기억의 흔적

오랜 시간 결을 삭인 그곳에
되살아난 숨처럼
새순이 돋았다

누군가와 작별을 한 사람
오래 서 있다가

조용히 울고 간 자리

저 덧없는 기쁨

박세현
시인, 빗소리듣기모임 상임대표

저 덧없는 기쁨

박세현

▽

10년 만에 한영숙(이하 한씨韓詩로 약칭함)의 시집을 만난다. '시집을 밥먹듯이' 택배로 발송하는 시인들은 참고할 일이다. 첫시집을 내고 경과한 10년은 자기 시의 전열을 가다듬는 시간으로 부족하지 않다. 시인 자신도 자기가 시인이라는 존재감을 잊기에 충분한 시간이다. 시집 배열을 일람하자면 좋은 시 사이에 덜 좋은 시가 쌀밥에 뉘처럼 섞여 있다. 덜 좋은 시 사이에 좋은 시가 '다 그런 건 아니거든요' 하면서 섞여서 존재감을 부각한다. 어느 쪽이 더 힘이 쎈(!)가는 독자가 납득할 일이지만 절묘한 섞음이다. 시들이 서로를 기만하는 풍경을 연출하고 있음이다. 시집을 내지 않고 있는 동안 시의 배열관계를 연구했는지도 모른다. 약간 오버하자면 자기 시를 자신만의 신체리듬으로 배열할 수 있는 사람이 시인일 것이다.

▽

한씨의 시는 첫시집의 지속으로 읽힌다. 근데 첫시집이 뭐였지? 지속이라는 말을 반성하면서 다시 생각한다. 기억과 검색에 의지하자면 한씨의 시는 시같은 시였던 것.

일탈과 왜곡을 허용하지 않는 한국시의 (낡은) 표준문법을 사수하는 시였다. 이런 거 어디서 배웠냐고 묻고 싶어질 정도의 단단한 자기 방(어)법들을 가진 것이 한씨의 시였다. 그래서 한씨는 누구의 말도 듣지 않는 시를 썼다고 본다. 그런 근거없는 고집은 물론 한씨 시의 울타리다. 한씨의 시적 방법론은 그의 시를 지켜주지만 새로움을 향해 열려 있지 못하다는 답답함도 동시에 준다. 그의 시적인 장점이 그의 약점이고, 그의 시적인 약점이 동시에 장점으로 기능한다. 풀어서 말하면, 한씨의 시는 자기 걸음새를 놓친 적이 없다. 모두들 롱패딩을 입어도 그것을 입지 않는 취향과 비슷하다(입고 싶어도 못 입는 경우까지 포함해서). 남의 걸음을 배우려다 그것도 배우지 못하고, 자기 스탭마저 잃어버리고 마침내 기어 다니는 사람들과는 같지 않다. 이 점이 한씨 시가 존립하는 근거가 된다.

□

이번 시집을 통독하면서 나는 한씨의 시가 조금도 변심하지 않았다는 사실을 재확인한다. 그럴 리가 하면서 재독했는데 의심의 여지가 없었다. 나는 이 무변심을 의심한다. 혹시 그러면 세월을 삼키면서 시가 깊어졌는가. 시가 깊어졌다는 말이 무슨 뜻인지 나는 모른다. 그것은 기만이다. 깊이에의 강요와 다름없는 것. 시는 깊이를 재는 예술이 아니거든요. 한씨의 시는 '시같은 시'라고 말했는데, 나는 이런 형용에 적당한 말로 수범성을 선택했다. 사회적 규범, 문학적 범례를 잘 수용하고 거기에 자신을 얹어간다는 뜻에서 한씨를 수범적이라고 부르겠다. 여기까지 읽은 독자라면 저 뒤에 이 말들이 헝클어지는 문맥도 세심히 살펴주길 바란다. 말의 연장선상에서 그의 시는 규범성의 하위 범주로 친가족성을 꼽게 된다. 아버지면 아버지, 할머니면 할머니, 어머니면 어머니에 대한 극진함과 회한이 시집에 반복적으로 전시된다. 아버지 연작만 여섯 편이다. 독자는 시인과 함께 한씨 아버지의 제사에 동참하고 있다. 아버지를 추억하는 힘은 무엇일까 궁금하다. 그의 시에는 애틋함, 그리움의 정서가 깊게 묻어 있다. 그래서 어떻다는 건지는 모르겠다. 모든 아버지는 죽는다. 아버지의 자리에 어머니를 놓아도 할머니를 놓아도 마찬가지다. 필멸必滅은 생자生者의 것. 저 죽은 자리, 저 마음 아픈 자리는 무엇인가. 그야 누군들 알겠어요. 아는 척하면서 그것을 시로 번안하려는 일이야말로 시인의 생업生業이겠지요. 이번 시집에서 한씨의 시는 제사의 자리에서 애도의 자리로, 애도에서 자기 삶의 불가피성의 자리로 옮겨왔다. 시는 더 투명해졌고, 맑아졌고, 단단해졌고, 깊어졌다(이 말은 피하고 싶었지만 장식적으로 붙여둔다. 시 스스로 깊이를 얻을 때도 있을까 하여).

박새와 눈이라도 마주쳤는가

아랫니만 내놓고 벙긋벙긋 웃는다

아가처럼 웃고 있다

저, 덧없는 기쁨!(「겨울나무」)

　병실에 누워있는 아버지의 웃음이다. 그 장면을 '저, 덧없는
기쁨!'이라고 썼다. 이 대목은 언어가 틈입할 틈이 없다. 그냥
비워두는 것이 인간의 예의다. 해설도 대충 지나간다. 표현욕
구가 앞선 한씨는 '덧없는 기쁨'이라고 썼다. 덧없음과 기쁨
의 모순, 역설, 아이러니, 짜증남이 한자리에 섞이면서 바야흐
로 덧없어지고 있다. 덧없음, 없음.

　　◇

　아버지의 소멸은 시인에게 다른 언어를 요구한다. 다른 언
어에 대한 갈망은 아버지만의 문제는 물론 아닐 것이다. 쉽게
말해서 나이 탓이 아닐까 싶다. '곱게 날염된 꽃잎들은 그간
내 몸속 어느 곳에 날아들었던가 어디까지 스며들었던가 그
자국 누가 보았는지 붉고도 깊은 상흔의 자리'(「호르몬을 찾
아서」)가 한씨의 삶 속으로 새뜻하게 등장한다. 새뜻하다. 시
인은 이 말에 헌신하기 위해 시집을 준비했는지도 모르겠다.
이 새뜻함 속에 자신의 애매한 삶과 수범성과 시를 받아들였
던 내밀한 순정성이 포함되기 때문이다. 새뜻하고 싶은 새뜻
함 속에 지나간 삶을 새롭게 배열하고 상연하고 싶었을 것이

다. 한씨가 선택한 새뜻함은 언어와 문장이면서 회심하는 메시지였을 것이다. 이런 시적인 태도는 선명한 색채어들을 통해 시 속에 자리잡고 있다. 금계국, 맨드라미, 동백꽃, 양귀비꽃, 칸나 등의 꽃들이 시 속에 등장하는데 대개 색들이 원색이고 붉은색이 돋보인다. 말하자면, 한씨처럼 수범성을 유지하던 시인에게 어느 날 문득 접하게 되는 삶의 다른 단계는 자신의 수범성을 (남몰래) 송두리째 돌아보게 한다. 이게 한씨의 시가 근거하는 자리가 아니었을까. 이게 아니잖아. 이것만은 아니잖아. '하루도 쉼 없이 빨래를 한다/ 참을 수 없는 빨랫줄의 빈 공간'(「빨래하는 여자」)은 적어도 시 이전의 시인이 여자로서 감내하는 생활이었을 것이고, 이 문제는 새로운 문제가 아니지만 그것이 대개의 사람들을 괴롭히는 화두가 된다. 그래서 시인은 '사랑하다가 죽어버려라'를 살짝 비틀어서 '여자여, 빨래하다 죽어버려라'고 선언한다. 우리는 빨래하느라 시를 못쓰고 시를 쓰느라 빨래를 못한다. 나는 수범성이라는 말로 한씨의 시를 엮어보려고 애를 썼다. 규범과 관습과 전통과 도덕과 윤리와 부모님의 말씀과 종교적 가르침과 출근시간과 퇴근시간과 남편과 자식 등등. 이 지겨운 것들에 자신을 귀속한다는 서약을 수범성이라 정의한다. 시는 마땅히 그러함을 의심한다. 한시인도 이런 답정녀는 아니다. 수범성 뒤에 자신을 감추고 한 걸음 나아가는 곳에 한씨의 시가 도도해진다. 진부여자인 한씨가 쓴 「강릉여자」 시리즈는 자신의 고향인 진부한 수범성에 대한 대안의 영토가 아니었을까. '강릉여자'

는 강릉을 배경으로 사는 여자일 것이고, 강릉을 몸으로 사는
(生) 여자를 설정한 것이겠지만 이것은 한씨의 수사학일 뿐이
다. 강릉여자 일반의 동의를 얻는 데 성공하기는 어렵겠지만
한씨 내부의 갈망을 만나는 데는 성공적이라고 본다. '먼 기억
의 끝머리에 서 있는 사람'(「강릉여자 2」)에게 조용히 남모르
게 흔들리는 여자가 한씨의 강릉여자다. '살만하게 아픈 나이
그만한 나이에/무심한 마음 홀로 가득해/사랑받을 빈자리 없
는 여자 강릉여자'(「강릉여자 6」) 이 문장은 진부여자가 만들
어낸 강릉여자에 대한 환청으로 울려온다. 그러나 그것은 그
것 말고도 훨씬 근본적인 여자의 밑바닥을 훑고 가는 실금이
다. 설취해서 잠들었을 때와 같은 정상성을 유지하기 힘든 어
떤 생태를 강릉여자 시편에서 읽는다.

▷
　그날 나는
　십오 년 전에 사라진 야간대학 문창과의
　살아있는 유물이었다 (「살아있는 유물에 대하여」)

'십오 년 전에 사라진'의 뒤를 잇는 '야간대학 문창과'라는
말은 하나의 전설이며 억측이며 환영이며 박제된 쓸쓸함이
다. 한씨는 강원도 초유의 글쓰기 학과였던 영서대 문창과의
기원起源에 속한다. 처음에는 언어예술과였는데 새로운 것을
못참는 여론에 밀려 문예창작과로 개명했다. 그때 한씨는 어

린 학생들(마르시아스는 그들을 짐승이라 불렀다)에게 소주와 떡볶이를 사주면서 한국문학의 미래를 이끌(지도 모를) 문청들을 토닥거렸다. 그때의 젊은 한국 예비문인들은 어디론가 다 달아나고 없다. 문재인도 나라경제를 어쩌지 못하고 무능하듯이 나 역시 일개 지방대 학과장의 처지에서 모처럼의 글쓰기학과를 소문 없이 말아먹고 말았다. 밤이면 다섯 명이 둘러앉아서 김춘수의 『사색사화집』을 강독하던 이른바 2학년 현대시특강의 그 쾌씸한 밤들은 여전히 나의 멍이지만 '덧없는 기쁨'이기도 하다. 기쁨의 생생한 덧없음이여. 문학은 실패한다. 실패한 자들만이 성공할 수 있는 필드가 문학이다. 이제는 말할 수 있지만 야간에 개설된 문창과에는 한씨같은 만학도 동지들이 있었는데 이들은 자기보다 나이 어린 외래교수들에게 강의를 들었다. 문창과에 출강하는 강사가 만학도의 교양영어 과제를 대신 해주는 현장을 목격한 적도 있다. 이런 반교육적이고 비위생적인 장면이 나에게는 '덧없는 기쁨'으로 기억된다. 뭐, 그럴 수도 있는 거지요. 이제 한씨는 자신을 문창과의 유물이라 이름한다. 한씨에게 기입된 증상의 한 모습이다. 시 때문에, 시에 홀려서, 시에 속아서, 시를 쓰려고 야간대학 문창과의 구름다리를 건너던 걸음들이 각자의 시였을 것. 그러면서 한씨는 자신의 생목을 다스려나갔던 것으로 사료된다.

◁

밤은 늘 내게

도전자 반칙같은 수작을 부린다

비탈길에 서 있는 개살구나무

삭정이 한 가지 품은 채

달빛 닮은 꽃송이를 달았다

어디서 누가 또

잠 못 자는 사람 있어

저 모양을 볼 수 있겠나

은근한 겨자색

참 아픈 빛이로구나

「외따로」의 전문이다. 이렇게 곁다리 없이 인용하고 읽어본다. 서정이 녹아있는 시라고 해야겠지요. 시라는 게 워낙 해석과 번역을 거부한다는 걸 알지만 특히 이런 시의 밑바닥까지 내려가 보고 싶어진다. 수작, 비탈길, 개살구나무, 잠 못 자는 사람이 빚어내는 '참 아픈 빛'을 본다. 솔직히 말해서 이런 작법으로 쓴 시들의 시대는 지나간 지 오래다. 웬 찬물! 심쿵만이 전부인 시대에 인류의 정서를 연역하는 일은 착오일 뿐이다. 유수한 시인들이 자신의 SNS계정에 음식 사진을 올려놓고 영업하는 시대로 접어들었다. 그래도 이런 시가 소중한 사람들에게 이런 시는 여전히 소중한가 보다. 나는 지금 누군가의 불가피성을 지지하는 것이다. 내가 보기에(이게 중요하겠지만) 앞에 올려놓은 시는 한씨의 어떤 한씨적인 요소를 잘 구성했다고 본다. '시인은 가끔 좋은 시를 쓰는 사람이라기보다는 삶의 여러 기회를 늘 적절한 언어로 잡아낼 수 있는 사람이 시인이다.' 1994년 서울신문 신춘문예 심사평의 한 구절이다. 심사자는 박성룡 시인과 평론가 김우창이다. 대표필자가 누군지는 모르지만 왜 이 구닥다리 문장들이 떠올랐는지 모르겠다. 시에 관한 저런 관점들이 지금도 유효하다는 것을 전제하자는 게 아니다. 한씨의 시집을 읽으면서 내게 도착한 생각들이다. 여기까지 쓰고 보니 해설은 여기까지다. 그게 맞다고 본다. 그러나 분량이 다소 부족한 것 같아 보태지 않아도 상관없을 문장들을 덧붙이기로 한다. 여기까지 읽을 독자는 여기까지 읽어도 된다.

∂

시집에는 그 시집이 회심會心하는 시가 있다. 시인의 회심과 독자의 회심이 일치하는 것은 아니다. 시는 쓰는 자의 몫이 끝나면 읽는 자의 몫이 남는다. 독자로서 내가 읽기에 한씨의 시는 긴 시보다는 짧은 시, 사회성보다는 서정성이 풍부한 시, 가족관련 시보다 자신을 응시하는 시가 독자에게 분명하게 다가선다. 뭔가 덜 소화되고 덜 애도되고, 덜 정리되어 찌뿌둥한 생목들이 그의 시를 지배한다. 수범성이 아니라 충분히 수범하고 남은 자리, 남은 찌꺼기가 한씨의 시의 기원이자 종착점이다. 더 이상 소화가 가능하지 않은 찌꺼기가 시다, 특히 한씨의 시다. 「목류木瘤」는 그런 시의 대표적 사례. '목류'라는 말이 낯설어서 검색해봤다. 네이버 사전은 '나뭇가지가 부러지거나 상한 자리에 결이 맺혀 불퉁해진 것'이라 풀어놓았다. 같은 말은 옹두리. 생목과 함께 한씨의 시를 함축하는 키워드로 읽힌다. '흠없는 영혼이 어디 있으랴'는 랭보가 남긴 문장이다. 랭보의 시구를 목류로 번안할 수 있겠다. 목류라는 말에 접하면서 한씨의 시가 어떤 근거를 가지고 있는지가 분명해진다. 다음에 「목류木瘤」 전문을 베껴놓는다.

불편하게 쥐었다
놓았다
다시 움켜잡았다

아프고 아픈 기억의 흔적

오랜 시간 결을 삭인 그곳에
되살아난 숨처럼
새순이 돋았다

누군가와 작별을 한 사람
오래 서 있다가

조용히 울고 간 자리

누군가 '조용히 울고 간 자리'에 나도 조용히 서 본다. 조용한 울음은 들리지 않는다. 나는 그 자리에서 헛울음을 삼키는 시늉을 한다. 시인의 것이 내 것이 될 때까지 기다려 본다. 작별이라는 말은 옛날말이자 죽은 말이 아니던가. 편견이지만 요즘은 작별하지 않는다. 그저 찢어질 뿐이다. 작별(이별, 고별, 몌별)에는 소규모의 징징거림이나 섭섭함이 개입하지만 찢어짐은 그런 정서를 허용하지 않는다. 한씨의 시는 전시대적이거나 구시대적인 감성을 내면화하고 그것을 시에 대입해 왔다. 그것은 시를 쓰는 개인의 문제에 해당한다. 누가 뭐라고 할 문제가 아니다. 나라면 이 시를 좋은 시라 평가하지만 거기까지다. 한국 시단에 좋은 시가 넘쳐나지만 거기까지인 것과 같다. 그래서? 좋은 시도 나도 거기서 더 나아가지 못한다. 누구나 좋은 시를 쓰기 위해 애를 쓴다. 하나마나한 말이다. 좋은 시는 어떤 시인가. 그거야 그 시대의 욕망이 결정한다. 대체로 문학상을 수상한 시가 좋은 시의 선례로 선전된다. 그것이 틀린 것은 아니지만 꼭 맞는 것도 아니다. 그래서, 좋은 시다 아니다라는 평균적인 언술과 이론들은 이제 지겨워지기 시작했다. 한국시가 너무 진지하고 심각하고 고상하다는 누군가의 이의에 귀 기울일 필요가 있다. 대개의 시집 날개에 박힌 시인들의 과장되게 설정된 포즈와 한국시는 정확하게 같은 함정에 걸려 있다. 내 말은 한국시가 걸려 있는 시적 황홀과 파경의 기미를 한씨의 시도 단계와 양상은 다르지만 유사하게 겪고 있다는 뜻이다.

∫

　여담삼아 하마터면 좋을 뻔 했던 시 두 편을 소개한다. 때로 그렇게 성공 직전에 놓여 있는 시가 더 겹고 좋다.

　　나는 나의 영정사진 곁에 무엇을 놓아야 할까 고민하다
　　술을 설먹은 밤처럼 지난밤을 홀딱 새고 말았다

　　아무리 뒤적거려봐도 마땅하거나, 적당한,
　　시 한 편 없다

　　그간 지면紙面에 의지해 잘 놀았으니 그저
　　백지나 한 장 놔 달라 할까 (「백지 한 장」 부분)

　조영남 가수가 장례식장에서 자신이 상업적으로 부른 이제하의 '모란동백'을 틀어달라는 에피소드에 대응하는 한씨의 시적 토로이다. 백지나 한 장 놓아 달라는 소원은 정말 소원답다. 막 쓴 듯한 그 손끝이 좋다. 조영남의 것보다 한씨의 것이 급수가 약간 높다. 하긴 음악없이 조용히 가고 싶다는 하룩희도 있다. 가는데 뭐가 있건 말건.

　　말라비틀어진 버찌 하나 물고 이리저리
　　한 시간을 끌고 갔으나
　　내 발자국으로 한 걸음 거리이다

그가 가는 곳 어딘지 알 수 없으니

(두 줄 생략)

허리가 끊어질 지경으로 끌고 가는 저

정신의 힘을

나는 한 번이라도 부려본 적 있던가

(네 줄 생략)

나의 노동은 무엇이었던가

(이하 한 줄 생략)

「개미에게 물었다」는 제목을 가진 시다. 취향이겠으나 나는 시를 인용하면서 생략을 잘 하지 않는 편인데 이 시만큼은 세 부분에 걸쳐 7행을 생략했다. 거친 생략에도 시는 무너지지 않고 오히려 좋아 보인다. 하마터면 정말 좋은 시가 될 뻔했다. 그러나 나는 지금 첨삭을 하고 있는 게 아니다. 오해하시지 말기 바란다. 이 시는 '정신의 힘'이 느껴진다. 언어는 사기를 치지만 그 점을 감안해도 이 시는 시의 기만성을 넘는 울림이 있다. 나의 그 어리버리한 수범적 노동은 무엇이었냐고 자신에게 따져 묻고 있음. 너무 열심히 사는 사람들이 대개 헛살 듯이 삶은 어떻게 살아도 거기가 거기다. 개미를 보고 자기 삶을 돌아보는 것 자체가 세상적 이데올로기에 한 번 더 속는 이치인지도 모르겠다. 나는 그렇게 보인다. 그럼 어떡합니까? 그런 건 내게 묻지 마시고, 검색해보실 것.

¿

　한 시인의 두 번째 시집을 내 멋대로 읽었다. 이제 결론을 내려야 할 대목에 왔다. 결론부터 말씀드리자면 결론은 없다. 멋을 약간 부리자면, 이 시집의 마지막 페이지 다음의 여백이 이 시집의 결론이다. 이제 나는 저 앞자리에서 떠들던 그 화상이 아니다. 거기서 빠져나와 불암산 정상으로 방금 지나가는 구름을 보고 있는 객이다. 한 시인은 십여 년 동안 시를 안 쓰면서 혹은 시를 버티면서 외롭게 살았을 것이다. 그런데 외로움은 뭐지요? 외롭다는 말이 갑자기 복병처럼 달려든다. 외로울 때 시인은 직업이 된다. 뭐 어쨌거나 자신에게 달라붙어 있는 편두통 같은 삶의 안개들을 걷어내면서 한시인은 이 자리에 도착했다. 이 자리가 한 시인의 자리일 거다. 덧없는 기쁨을 싸고도는 삶의 다른 갈피가 보일지도 모른다. 부모도 그렇고, 자식도 그렇고, 늙어가는 이웃도 그렇고, 사랑도 하나같이 덧없지요. 덧없음도 덧없지요. 덧없어야 기뻐(깊어)지고, 기뻐져야 덧없어진다. 덧없어라 생생한 삶의 기쁨이여. 나는 이 시집에 수록된 전편의 시를 그런 독법으로 읽었다. 물론 거칠고 성글겠지만 그 이상을 내게 바라지 않았을 거라 믿는다. 「겨울나무」 마지막 줄에서 쉼표와 느낌표를 떼고 해설의 제목으로 삼았다. 앤딩으로 시 한 줄 달아놓는다. 제목은 「첫눈」.

　먼 기억으로부터 감치던

　그 사람 종일 걸어 이리로 와

흰 눈썹 달고

한데서 우리 사이좋게

살자

하면

살까, 말까,

여기 떠나지 못하던 생각

곳곳에 묻는

눈 오는 소리

섧다

시로여는세상 시인선 036

목류

ⓒ2018 한영숙

펴낸날   2018년 10월 5일
지은이   한영숙
펴낸이   김병욱

펴낸곳   시로여는세상
등록일   2001년 12월 7일
등록번호   성북 바 00026호
주소   02875 서울시 성북구 보문로 29다길31, 114-903
편집실   03157 서울시 종로구 종로 19(르메이에르 종로타운) B동 723호
전화   02)394-3999
이메일   2002poem@hanmail.net
블로그   http//blog.daum.net/2002poem

편집 미술   김연숙
제작 공급   토담미디어 02)2271-3335

ISBN 979—89—93541—53—3